Calamity Mamie
fait son cinéma !

Loi n° 49-956 du 16 juillet 1949 sur les publications destinées à la jeunesse
ISBN 978-2-09-253636-0
N° éditeur : 10179445 - Dépôt légal : mars 2012
Imprimé en France par Pollina - L59800

ARNAUD ALMÉRAS

Calamity Mamie fait son cinéma !

Illustrations de Frédéric Joos

Nathan

Comme tous les mercredis, ma sœur Élise et moi passions la journée chez Calamity Mamie. Bien sûr, ce n'est pas le vrai nom de notre grand-mère, mais on l'appelle comme ça car elle fait tout le temps des bêtises.

Pour le déjeuner, nous avons fait quelques courses. À notre retour, dans la rue, il y avait une équipe de cinéma en plein tournage !

– C'était donc ça, tous les camions garés là, ce matin… a dit mamie.

À quelques mètres de nous, l’équipe filmait un homme et une femme.
Ils couraient l’un vers l’autre.
Le caméraman, installé sur des rails, suivait la course de l’actrice.
– Mais c’est Vanessa Sijolie ! s’est exclamée Élise.
– Et c’est Johnny Tepp qui joue avec elle ! ai-je ajouté. C’est génial !

Soudain, mamie a lâché la laisse de Nelson. Et ce coquin s'est mis à courir après Johnny Tepp. Mamie a voulu le rattraper, mais elle s'est pris les pieds dans les câbles. Elle est partie en avant, et elle est tombée sur le caméraman. Ils ont filé sur les rails en bousculant le technicien qui tenait le micro au bout d'une longue perche…

Nelson, lui, s'est jeté dans les jambes de Johnny Tepp, qui a fait un vol plané. Au même instant, Vanessa a reçu le micro sur la tête, et les deux acteurs se sont étalés.

Toute l'équipe s'est précipitée pour les aider et on a entendu un hurlement :

– C'est du sabotage !

De colère, le réalisateur piétinait sa casquette…

– Ça va aller, Steven, tentait de le calmer son assistante. Les acteurs ne se sont pas fait mal.

Élise a pris Nelson dans ses bras et j'ai aidé mamie à se remettre sur pied. Elle était écarlate et bredouillait :

– Je voulais juste rattraper mon chien.

– On ne peut plus tourner, a annoncé l’assistante. Il faut changer les costumes, refaire les maquillages et les coiffures !

Mamie a alors proposé que
les deux stars se changent chez elle.
Et elle a ajouté :
– Je vous offre le thé, pour me faire
pardonner.

Voilà comment tout le monde s'est
retrouvé chez notre grand-mère !

Pendant que les acteurs disparaissaient dans la salle de bains avec l'habilleuse et la maquilleuse pour se refaire une beauté, l'équipe s'est installée dans le salon.

Mamie a mis l'eau à chauffer. Ma sœur et moi l'avons aidée à sortir les tasses. Steven se détendait, sa casquette posée sur la table, à côté de lui.

– Le thé est prêt, a annoncé mamie en entrant dans le salon…

Mamie s’est d’abord dirigée
vers le réalisateur.
Mais au moment où elle allait
le servir, Élise lui a demandé :
– Où est le sucrier ?
Mamie a tourné la tête vers elle :
– Dans le buffet, ma chérie…
Et elle a versé le thé sur le crâne
chauve de Steven ! Le réalisateur
a bondi en poussant un rugissement
et mamie a lâché sa théière.
– Oh ! Quelle calamité ! s’est-elle
écriée.
– Je suis brûlé vif !
hurlait Steven.
Au secours !

Vite, l'assistante l'a conduit jusqu'à la cuisine pour lui mettre la tête sous le robinet :

– C'est le remède miracle : faire couler de l'eau froide sur la brûlure ! C'est un ami médecin qui m'a appris ça. Baissez la tête !

Le réalisateur gémissait :

– Quel cauchemar…

Quand Vanessa et Johnny ont été prêts,
le réalisateur, qui portait maintenant
un gros pansement sur le crâne,
a bougonné :
– On s'y remet… et on se concentre,
c'est le moment important du film !

Mamie, Élise et moi, nous sommes restés dans le jardin tandis que l'équipe s'installait. On a alors vu l'assistante se pencher à l'oreille de Steven, puis elle est venue vers nous :

– On se dit que ce serait sympa de vous voir, en arrière-plan. Vous feriez de la balançoire, votre grand-mère à vos côtés, pendant qu'on filmera Johnny et Vanessa.

Nous, on était d'accord, bien sûr !

STEVEN

Toute l'équipe a tourné, une nouvelle fois, les retrouvailles des deux acteurs… Ils couraient l'un vers l'autre dans la rue, tout allait bien. Sauf que mamie, qui s'était adossée au portique, a glissé et est tombée assise dans l'herbe.
Le réalisateur ne l'avait pas remarqué, et il s'est félicité :
– Vanessa et Johnny, c'était parfait ! La présence des enfants rend la scène encore plus jolie ! On range, merci à tous !

À ce moment-là, pour avoir un autographe, Calamity Mamie a couru vers les acteurs.

Comme l'encre ne venait pas, elle a secoué d'un geste brusque son stylo-plume, et « plof ! » une grosse giclée d'encre a atterri sur la figure de Vanessa.

– Pardon… excusez… moi… a bafouillé mamie.

Elle a farfouillé dans son sac à main pour chercher un mouchoir en papier et elle a tout renversé par terre.

L’assistante s’est précipitée pour aider l’actrice à essuyer son visage, pendant qu’Élise et moi nous ramassions les clés, les lunettes, le rouge à lèvres et le porte-monnaie de Calamity Mamie. Vanessa et Johnny se sont regardés, et ils ont eu un fou rire, tout en signant nos autographes !

Ensuite, les deux stars sont parties en taxi en nous faisant un geste de la main.
Élise avait les yeux qui brillaient.
– Comme ils sont gentils !

Six mois plus tard, le film sortait au cinéma, et nous sommes allés le voir avec mamie.

C'était une histoire d'amour, mais c'était quand même bien. À la fin, dans la scène où Johnny et Vanessa courent l'un vers l'autre, nous apparaissions, Élise et moi sur la balançoire.

On apercevait aussi Calamity Mamie. Mais pas longtemps, parce que c’était le moment où elle était tombée…
On s’est mis à rire et Élise a soufflé à l’oreille de mamie :
– Tu auras peut-être le prix spécial de la catastrophe, au Festival de Cannes !

Arnaud Alméras

Je suis le papa de trois filles : Camille, Chloé et Léa. C'est après avoir bien observé leur grand-mère que j'ai imaginé les mésaventures de Calamity Mamie.

Frédéric Joos

Je comprends bien Calamity Mamie car, comme elle, il m'arrive de « m'emmêler les pinceaux ». Et en pratiquant mon métier d'illustrateur, j'ai souvent constaté que c'est en faisant beaucoup d'erreurs qu'on apprend le mieux. Calamity Mamie apprend un peu plus que tous les autres, c'est tout.

DÉCOUVRE UN AUTRE TITRE DE LA COLLECTION

premiers romans

Calamity Mamie et les pompiers

Une série écrite par Arnaud Alméras,
Illustrée par Frédéric Joos

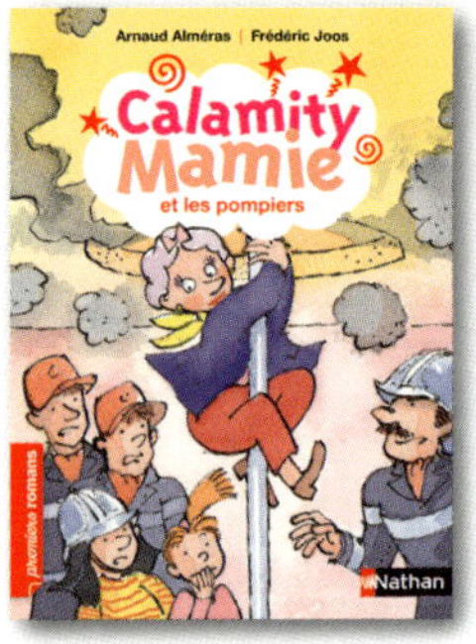

« Ce jour-là, Élise et moi allions visiter la caserne des pompiers avec Calamity Mamie. Bien sûr, ce n'est pas le vrai nom de notre grand-mère, mais on l'appelle comme ça car elle fait tout le temps des bêtises. Dans la cour, un pompier nous a accueillis :
– Je suis le capitaine de cette caserne. Bienvenue à ces « portes ouvertes » !

Pour commencer, il nous a montré un équipement :

– Ce casque est en nickel, un métal qui ne chauffe pas, et cette combinaison permet d'affronter des flammes de 400 degrés. Qui veut les essayer ? »

Calamity Mamie sème la panique dans une caserne de pompiers : qui appeler au secours ?!